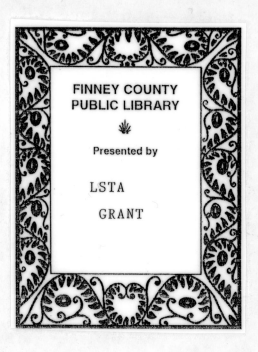

Cuentatrapos

Víctor Carvajal

Primer premio Barco de Vapor 1984

ediciones **sm** Joaquín Turina 39 28044 Madrid

Colección dirigida por **Marinella Terzi**

Primera edición: mayo 1985
Segunda edición: diciembre 1985
Tercera edición: enero 1986
Cuarta edición: marzo 1987
Quinta edición: agosto 1987 (S.E.P. México)
Sexta edición: noviembre 1988
Séptima edición: diciembre 1989 (S.E.P. México)
Octava edición: enero 1990
Novena edición: marzo 1990 (S.E.P. México)
Décima edición: enero 1991
Undécima edición: marzo 1991 (S.E.P. México)
Duodécima edición: octubre 1992
Decimotercera edición: septiembre 1993
Decimocuarta edición: julio 1994
Decimoquinta edición: octubre 1995
Decimosexta edición: febrero 1998

Ilustraciones y cubierta: *Fuencisla del Amo*

© Víctor Carvajal, 1985
  Ediciones SM
  Joaquín Turina, 39 - 28044 Madrid

Comercializa: CESMA, SA - Aguacate, 43 - 28044 Madrid

ISBN: 84-348-1606-7
Depósito legal: M-1708-1998
Fotocomposición: Grafilia, SL
Impreso en España/Printed in Spain
Imprenta SM - Joaquín Turina, 39 - 28044 Madrid

1
El accidente

IGUALITO al gorrión herido que encontré una vez en el zanjón[1], estaba el hombre accidentado sobre la calle. Una señora de las que allí se habían juntado me agarró de un brazo y no me dejó acercarme. Eso no era para los niños, decía. Y yo —¿es que hay algo para los niños en este barrio?—, yo quería acercarme y decirle al caballero herido que iría a llamar una ambulancia...

¡Parece que nadie me creyó!

El pajarito podía no creerme, porque ya estaba muerto cuando fui a socorrerlo. Distinto fue con el perro *Washington;* le curamos la patita rota inmediatamente después de que lo atropelló el auto. Toda la gente que se juntó a darle ánimo al caballero accidentado sabe que en el barrio no hay teléfono, porque allí vivimos nosotros, y todos sabían también que ninguna ambulancia vendría... Antes de llamarla, hay que pensarlo dos veces.

«¡M'hijita!», decía la señora que se encontraba

---

[1] En Chile, despeñadero, precipicio, derrumbadero.

más cerca del accidentado, limitándose sólo a mirarlo, sin hacer nada por él...

Sí, primero hay que tener la plata y después se puede llamar una ambulancia. Entonces les dije que buscaran en los bolsillos del caballero. ¡Él tenía que tener para su propia ambulancia!

Todos se quedaron callados.

La gente se ha puesto muy incrédula. Escuchan la radio y ven la tele. Y no creen en nada. Nada les asombra.

El *Washington* me creyó cuando le dije en la orejita que yo lo sanaría porque iba a ser enfermera... Al principio, como todos los enfermos, no me escuchó bien y trató de morderme. No lo consiguió, por suerte. Mi padre lo sujetó bien firme del hocico y mi madre le entablilló la pata quebrada con las tablitas de un cajón para tomates que había traído mi padre hacía tiempo. Entonces a él no lo habían echado todavía de la fábrica...

Esa gente, ahí en la calle, me encontraba muy chica para ser enfermera, y a lo mejor el caballero accidentado pensaba lo contrario. Y yo no podía preguntarle nada.

Mi tía Marta es enfermera y es más baja que yo.

Yo voy a ser mucho más grande que ella cuando crezca...

—Chiquita —me dice siempre—, si vieras tú cómo están ahora los hospitales, no te darían ganas de ser enfermera y saldrías corriendo... ¡Es que duele el alma ver cómo se atiende a los enfermos! ¡Es que no hay nada!

Y la gente rica tiene médico y clínicas hasta para sus animales, dice mi papá...

¿Será cierto que no hay algodones, ni alcohol, tampoco inyecciones, ni nada, en los hospitales donde tiene que ir la gente como nosotros?

Una vez acompañé a mi mamá al policlínico y no alcanzamos número para que la atendieran... Se habían terminado.

—Te voy a traer un número, porque te duele mucho el estómago —le dije.

Y había una señora que no estaba tan enferma y me vendía uno.

—Los números no deben venderse —le gruñí, casi.

Y me respondió que nos debíamos levantar más temprano si queríamos que el médico atendiera a mi mamá.

Nosotros vivimos tan lejos del policlínico que por muy temprano que nos levantemos... ¡Lo que más rabia me da es que ahora la gente quiere hacer negocio con todo!

Si yo fuera enfermera, no haría eso con la gente pobre.

Aunque no haya nada en los hospitales, siempre se puede hacer algo por los enfermos. Igual le salvamos la pata al *Washington* y no le cobramos nada. Ahora cojea, pero sigue ladrando y mueve la cola de puro contento...

Otra vez le quité el dolor al Pocho... Le había picado una abeja en la mano mientras mirábamos los payasos en el circo. Lloraba tanto que le saqué el aguijón con el imperdible que me sujetaba la falda a la cintura.

Se ha juntado bastante gente. En el barrio viven tantas personas que, si todos dieran un poquito, se tendría la plata necesaria para llamar una ambulancia. Porque el caballero no puede seguir accidentado en el suelo, con el calor que hace...

—¿Y por qué no lo llevan en la misma camioneta? —gritaba una señora al otro lado de la calle.

—¡Porque él no es el dueño! —le contestaba alguien, refiriéndose al chófer que había atropellado al caballero.

—En cambio, el del carretón de mano puede hacer lo que quiere con su vehículo —seguían discutiendo ellos.

El chófer tenía que volver al trabajo y no podía decir lo del atropello porque entonces le quitaban la camioneta.

—¿Y por qué no se fijó, entonces, antes de atropellarlo? —insistía la señora del otro lado.

—Él no tiene ninguna culpa —le contestaba otra vez alguien—. Si el otro se hubiese fijado en que venía el vehículo al cruzar la calle, no habría pasado nada.

Una señora, roja por el calor y la agitación, decía:

—¡En esta esquina deberían poner un semáforo!

Y el mismo que había defendido al chófer, le respondía:

—¡Tonterías, señora! ¡La gente cruza por donde le da la gana!

—Sí, pero el chófer de la camioneta se habría detenido al ver la luz roja.

—¿Y quién le dijo que había luz roja? —le discutía el hombre a la misma señora.

Alguien había dicho que no había que mover al herido hasta que vinieran a buscarlo.

—¿Qué ambulancia? —parecían preguntarse todos con la mirada—. Si no lo llevan en el carretón de mano, nadie del hospital vendrá a recogerlo.

Yo no me hice ninguna de estas preguntas cuando levanté al gorrioncito del suelo... Traté de hacerlo volar, pero no volaba... Se me caía de las manos, el pobrecito, blando y pesado como una bola de plumas mojadas... Yo me había dado cuenta de que, cuando los muchachos tiran a pedradas los pichones de sus nidos, la madre gorriona no baja a recogerlos y allí se mueren... ¿Lo mismo hacen los ángeles con las personas?

¡Ah, no! Es mucho mejor que no lo hagan. Si bajaran del cielo a recoger al caballero accidentado, querría decir que se ha muerto. Es lo que pasó con el gorrión. Entonces, lo envolví en una cunita que le tejí con los tallos verdes de unos narcisos que encontré a la orilla del zanjón. Después, para que el viento no fuera a llevárselo, lo enterré en un hoyito, porque yo sabía que no podía volar más.

No me gustaría tener que hacer lo mismo con el caballero del accidente...

A mí me gustaría más que todo esto fuera mentira. Que el caballero se levantara por sí solo del suelo y se fuera caminando sin ayuda a su casa.

Como también me hubiera gustado que el gorrión se hubiese ido volando, sin ángeles ni nada, con sus puras alas.

Ya no sé si voy a ser enfermera cuando crezca...

Claro que el Pocho se reía; le corrían los mocos y las lágrimas, pero se reía mucho después de que le saqué el aguijón. Y no era por los payasos, porque eran bien tontos los chistes que contaban.

2
Al campamento

—¿Tú sabes qué es un campamento?

—¿Esos lugares donde la gente coloca sus tiendas de lona en el verano?

—Ésos no. En estos otros las carpas están todo el año.

—Entonces, ¿viven ahí?

Caminaban Jaime y Lalo mientras sostenían esta conversación animadamente junto al carretón de mano. Su dueño lo arrastraba como una verdadera bestia de tiro; el travesaño del pequeño vehículo se le hundía en el estómago, entre las costillas falsas y los huesos de la cadera, que llevaban el ritmo de las piernas.

Jaime recordó haber visto carretas más grandes arrastradas por caballos.

¿No era acaso aquel hombre algo similar?

El carretón iba cargado hasta el tope con las cosas de los padres de Lalo y Jaime.

También recordó Jaime que antes de encontrarse con la familia de Lalo el carretón iba más liviano, pues sólo llevaba las pertenencias de su madre: cajas de cartón con ropa, maletas y otros bultos pequeños.

Él no había entendido claramente por qué se tenían que ir.

La dueña de la casa donde vivía con su madre despidió amablemente a todos los inquilinos, y éstos tuvieron que buscarse otro lugar donde vivir.

Aquel domingo, su madre había salido a la calle y había regresado con el hombre del carretón de mano. Ella le dio entonces unas indicaciones y él comenzó a cargar el carretón.

Jaime recordaba además haber leído las palabras «Se alquila» en uno de los costados del miserable vehículo.

Los bultos y maletas se terminaron. Se despidieron de los inquilinos que quedaban —algunos ya se habían marchado— y de la dueña. Todos les desearon suerte. Y nadie sabía dónde se encontraba el nuevo hogar de Jaime y su madre.

Y caminaron junto al carretón hasta que por casualidad se encontraron con la otra familia, la de Lalo.

Esto había ocurrido unos veinte minutos más tarde.

—Fue una suerte haberla encontrado, señora —le decía la madre de Lalo.

Lalo había visto aproximarse el carretón y llamó la atención de sus padres.

—Allí vienen otros a los que también echaron —había dicho Lalo a sus padres.

—Nosotros estábamos desesperados, señora —insistía la madre del muchacho.

Y contó su historia:

Habían sido desalojados del apartamento que ocupaban. El alquiler se había ido a las nubes, por lo caro. Entonces el dueño los puso en la calle de la noche a la mañana. Quería tener el apartamento libre para otros inquilinos que pudieran pagar el precio que cobraba.

—Mi caso es distinto —respondió la madre de Jaime. Y continuó—: Pero en el fondo, es casi lo mismo. El asunto fue que yo tenía alquilada solamente una pieza amueblada. Allí vivimos varios años hasta que la dueña nos avisó que debía cancelar una deuda y no sabía cómo conseguir el dinero. Por eso se vio en la necesidad de poner en venta su casa, y todos los que allí vivíamos alquilados tuvimos que irnos.

—¡Justo ahora cuando todo está tan difícil! —exclamó la madre de Lalo.

Lo cierto era que ambas familias no tenían dónde vivir, y la casualidad y las circunstancias las llevaban por el mismo camino. Pero, ¿cuál era el destino?

Una operaria de la fábrica donde trabajaba la mamá de Jaime le había dicho que se podía ir con su hijo a un campamento que ella conocía.

—A nosotros no nos queda más remedio que ir también al campamento que usted nos dice, señora —agregó después de un rato el padre de Lalo, que hasta ese momento no había abierto la boca porque sentía la garganta atravesada por un limón amargo.

—Como yo traía tan pocas cosas en el carretón... No había ningún problema en traer las de ustedes. El alquiler hay que pagarlo de todos modos —terminó diciendo amablemente la madre de Jaime.

Así se habían encontrado las dos familias. En la calle. Con los muebles tirados sobre la acera y sin saber qué dirección tomar. Ahora iban todos a ese campamento que ninguno conocía.

Los dos muchachos ayudaban a empujar el carretón, que estuvo a punto de atascarse en unos adoquines sueltos. La calle pavimentada se había terminado y el hombre lo arrastraba con tanto esfuerzo que el travesaño se le incrustaba cada vez más en el estómago, entre las costillas falsas y los huesos de la cadera.

—Y tus muebles, ¿dónde están? —preguntó Lalo a Jaime.

—No tenemos muebles —fue la respuesta.

—Nosotros tenemos muchos muebles. No quisimos traerlos todos porque el carretón era muy chico. Después vendrá mi papá a buscarlos en un camión.

Jaime comprendió que Lalo mentía.

Pero éste siguió diciendo que si el lugar adonde iban era más malo que la casa que habían ocupado hasta entonces, no se quedarían allí por mucho tiempo y buscarían algo mejor para vivir.

Fue entonces cuando el padre de Lalo comenzó a sentirse incómodo. La señora que había contratado el carretón demostraba una autosuficiencia que él, sencillamente, no podía soportar.

Sin embargo, lo que él no sabía era que este orgullo constituía sólo una apariencia. En realidad, la madre de Jaime fue siempre una mujer muy sencilla, preocupada por andar presentable y darle a su hijo una buena educación como única herencia, ya que más no podía dejarle.

El padre de Lalo no dudaba que aquella mujer tenía el dinero suficiente para pagar el alquiler del carretón. Sabía que a él le correspondía cancelar la mitad y le hería profundamente tener que deberle dinero. Nada más humillante para un hombre en paro que contraer deudas con una mujer. Además, ni siquiera la conocía. Otros hombres no se hacían problemas ante situaciones similares. Pero él era un hombre hecho de otra materia, como siempre decía. Acostumbraba a cancelar siempre sus deudas, hasta que el paro ni siquiera le permitió pagar los últimos tres meses del alquiler de su vivienda.

Estos pensamientos se reflejaban en una actitud hosca, y fue esto lo que llevó a la madre de Jaime a pensar que nunca llegaría a simpatizar con aquel hombre. Su mujer, en cambio, era más asequible. ¿No debía él sentirse agradecido por lo que ella había hecho? ¿Lo entendía él realmente? Porque ella también se lo explicaba: detenerse en la calle, enterarse de la situación de esa gente y ofrecerles amigablemente el carretón arrendado por ella. Algo que nadie o muy pocos están dispuestos a hacer. Jaime observaba también el comportamiento de su compañero de viaje. Descubrió que los modales de Lalo eran algo rudos. Escupía constantemente en el suelo igual que los muchachos mal educados, cosa que a su madre le repugnaba aunque lo hicieran sólo en la calle. Pero, al parecer, a Lalo le divertía sobremanera, ya que parecía poner especial atención en el hecho.

Y Lalo se preocupaba más de los zapatos y los pantalones de Jaime. ¡Andaba tan de domingo! Seguramente con sus mejores ropas. Por eso se alegró cuando vio cómo éstas se iban cubriendo de polvo.

Porque el trayecto se había hecho cada vez más penoso.

El carretón rodaba dificultosamente por la calle polvorienta. A menudo se metían las ruedas en pozas de agua, salpicando lodo hacia los costados. Para colmo, habían tenido que desviarse de la ruta a seguir porque se toparon con un policía y el dueño del carretón no tenía el correspondiente permiso municipal para andar con tal vehículo por las calles de la ciudad. Pasado el peligro volvieron al camino correcto y el campamento se puso a la vista.

—¿Aquí vamos a quedarnos? —preguntó Jaime a su madre.

Y observaron desalentados aquel grupo de casitas construidas con materiales improvisados, tales como madera, cartón, latas y elementos similares.

Naturalmente que no era el campamento imaginado. Jaime y Lalo pudieron comprobar con sus propios ojos que allí no había carpas multicolores, como tampoco una atmósfera de diversión o descanso.

Era tan nuevo que no tenía luz eléctrica ni agua potable. No había calles ni jardines, tampoco cercas. Y cada casa estaba rodeada pobremente por un espacio escaso.

Antes de que pudiesen pensar en dar media vuelta para volverse y escapar de aquel lugar, llegó el encargado del campamento a recibirlos. Venía acompañado, precisamente, por la operaria que trabajaba con la madre de Jaime.

Les ofrecieron un espacio de terreno que podían compartir de común acuerdo.

Descargaron el carretón y la madre de Jaime pagó el valor del transporte.

—Yo, señora, voy a deberle el traslado de mis cosas —le dijo el padre de Lalo.

—Veamos primero cómo nos instalamos y después hablaremos de lo del porte —fue lo que ella le respondió.

Amontonados en dos lugares, separados por pedruscos, tierra y hierbas silvestres, quedaron los enseres personales de las dos familias recién llegadas.

El encargado del campamento les consiguió algunos materiales para levantar sus remedos de casas. Jaime se las imaginó como aquellas hechas con naipes.

El padre de Lalo se puso a levantar con todas sus fuerzas las dos casas. Los muchachos y las mujeres ayudaban en todo donde su participación fuese necesaria.

Por la noche todos estaban muy cansados. Jaime y su madre tuvieron donde acostarse, porque el padre de Lalo les había dejado un colchón y un par de mantas.

El padre de Lalo se sentía más tranquilo y reconfortado.

Durante el trabajo pudo observar que su opinión sobre la madre de Jaime era errada y que, después de todo, bien podía deberle unos pesos. Se había establecido un puente de ayuda mutua que comenzó a llenar su corazón de satisfacción y orgullo.

Aquélla fue una noche fría e interminable como las cascadas. Los muchachos durmieron a sobresaltos y constantes acomodos. Habían hecho sus planes para el día siguiente. Saldrían a conocer los alrededores de su nueva residencia.

Seguramente irían juntos a la escuela.

Así pues, deberían olvidar las aulas antiguas; sus acostumbradas plazas de juego; las tiendas y negocios de sus respectivos barrios; los balcones con macetas y flores; las arboledas de aquellas calles ahora tan lejanas...

No sabían cuántos amigos tendrían. Tal vez serían más duros que aquellos que ya no volverían a ver.

Jaime comenzaría a dejar ciertos modales delicados. Evitar ensuciarse era una necedad, y una necesidad saltar acequias, correr por lugares llenos de piedras y montones de tierra. Comprendía perfectamente que al comienzo él sería motivo de burla para los otros muchachos.

¿Comenzaría a escupir en el suelo como Lalo? ¿Se habría dado cuenta éste de cómo molestaba aquello a la madre de Jaime? Después de todo, pasarían a ser amigos, puesto que ya eran vecinos.

3
El balde de Tomás

Muy de mañana, cuando los chicos buscan algún juego para entretenerse, cuando los vecinos buscan alguna ocupación que les reporte algo de dinero, cuando las vecinas lavan su propia ropa y también la ajena para ganarse unos pesos, cuando ocurre todo esto, muy de mañana, ya hay una cola bastante larga de mujeres recogiendo agua en el pilón del barrio.

Disciplinadamente, cada una con su balde, esperan el turno para recoger el agua potable que necesitan en sus casas.

Este cuadro se repite todos los días. Sin embargo, a veces ocurren ciertos hechos que rompen tal monotonía.

Matilde se había puesto en la cola como siempre.

Al parecer, nadie había notado que ella había

llevado dos baldes en vez de uno. Cosa que iba contra las normas que las mismas vecinas se habían impuesto.

Por tal razón, Matilde comenzó a extrañarse de que ninguna de las presentes hubiese sacado aún su voz de protesta.

¿Es que no lo habían notado?

¿Es que no habían notado nada especial en ella?

Era precisamente el segundo balde lo que le proporcionaba a Matilde una alegría incontenible.

¿Era posible que tal cosa escapara también a la atención de las otras mujeres?

Por momentos le parecía a Matilde que no podría retener un segundo más el deseo de comentar el suceso con sus vecinas.

Era sorprendente que nada de ello hubiese llegado a los oídos de las mujeres. En aquel lugar cada hecho nuevo se conocía en cuestión de horas.

Pero el que aún no supieran nada le producía a Matilde otra alegría que no hacía más que aumentar la primera. Esperaba con verdadera ansiedad que alguien le preguntara por qué el otro balde.

Su alegría era, al mismo tiempo, motivo de preocupación.

Habían aumentado las bocas en la casa, pero no la comida. Todo empeoraba y nadie sabía qué hacer.

Las mujeres avanzaron unos pasos, acercándose al pilón.

Tan ensimismada estaba Matilde en sus propios pensamientos que no se percató del comienzo de lo que tanto había esperado. Las mujeres comentaban ya en voz baja.

Las últimas en la cola hacían esfuerzo, asomando sus cabezas por los costados de la cola, tratando de descubrir a la tal Matilde, de la que tanto se hablaba.

—¡Ésa! ¡Ésa! ¡La del vestido claro!

—¿La que está por llegar al pilón?

—¡La misma!

—¡La muy sinvergüenza...!

—¡Es que no hay derecho!

—¡Vea usted, ya está en quinto lugar!

—¡Y una está aquí casi toda la mañana para conseguir un poco de agua!

—¡Cualquiera se podía traer también dos baldes y no tendría que venir de nuevo por la tarde!

—¿Qué le parece la frescura?

—¡Es que no debíamos permitirlo!

Las protestas comenzaban a elevarse de tono y volumen.

También la sonrisa de Matilde.

Hasta que alguien pasó el límite que faltaba y todas, al unísono, expresaron su disgusto en voz alta.

Por fin llegaba el momento que Matilde tanto esperaba.

Y comenzó a explicarles pacientemente, a contarles aquella historia que no se cansaba de repetir:

—Ahora somos cinco en casa. ¿Es que no lo sabían? —les dijo Matilde con una cara de sorpresa que, de haber tenido un espejo en aquel momento y haberse mirado en él, también la habría sorprendido a ella por ser capaz de adoptar un gesto tan fresco y natural.

—¡En mi casa también somos cinco, señora, y yo no traigo dos baldes como usted!

—¡Hay que tener más consideración con los demás, doña!

—¡Más respeto, digo yo! ¡Aquí todas padecemos lo mismo! —explotaban las mujeres descargando su irritación, aprovechando la oportunidad para protestar porque les sobraban motivos para ello y lo de Matilde resultaba ser no más que una pequeña válvula de escape.

Sin dejarse irritar por el tono agresivo de las mujeres, continuó Matilde con su relato.

Las protestas fueron aminorando a medida que las palabras llamaban a la comprensión y a la curiosidad. Porque entonces se enteraron de que Rebeca, la hija mayor de Matilde, había tenido un niño.

¡Claro, la Rebequita! ¿Cómo es que nos habíamos olvidado de ella? Hace bastante tiempo que no la veíamos, ¿no es verdad?

Hacía exactamente un año que Rebeca había decidido vivir su propia vida, no depender más del escuálido presupuesto de sus padres. Como no tenía dónde vivir, se instaló con una carpita[1], no muy lejos de la casa de su madre, en un terreno deshabitado, con la esperanza de que las autoridades les permitieran a ella y otros vecinos sin casa levantar una habitación improvisada. Un campamento, en otras palabras.

Por un largo rato se olvidaron las mujeres del pilón, para no perderse ningún detalle del relato de Matilde.

---

[1] Tienda de campaña de lona.

Cuando Rebeca participó en la toma de esos terrenos, no tenía la menor intención de tener un niño. Pero el embarazo se presentó tan repentinamente que, sin que ella se hubiese dado cuenta, transcurrieron ocho meses.

Había pensado llamarle Tomás en caso de que fuera varón. Y nació justo cuando se producía el desalojo de toda aquella gente. Desde la carpa escuchaba Rebeca gritos y órdenes policiales. Gente que se negaba a ser sacada por la fuerza de aquel lugar. Carreras angustiadas y llantos de niños.

—Yo creo —aseguró Matilde— que fue la desesperación lo que precipitó el parto. Tomasito quiso salir del vientre de su madre. Tal vez para intentar defenderla. Entonces aumentaron las contracciones y los dolores. Con seguridad que todas las madres desean un ambiente de placidez cuando el nacimiento de su hijo. Desean que su primera confrontación con el mundo esté rodeada de afecto y quietud; jamás la bestialidad que Rebeca alcanzaba a percibir más allá de las lonas de su carpa.

Pese a todos sus esfuerzos no pudo retenerlo más en la interioridad de aquella cavidad maternal que lo protegía. Con el corazón acongojado comprendió que de nada le servía tanta aflicción para evitarle a su hijo una experiencia tan triste y dolorosa.

Matilde hizo una pausa. Nadie se atrevió a insinuar ningún comentario. Nadie se movió de su lugar. Los baldes llenos eran apartados del chorro de agua, y en su lugar se ponían los vacíos. Todas esperaron la continuación del relato. Matilde inspiró bien profundo.

—Mi hija no estaba sola —continuó Matilde—. Dos vecinas la atendían. Pero se necesitaba alguien que entendiera de esas cosas. El asunto se ponía muy delicado y no existía ni la menor esperanza de conseguir un médico en tales circunstancias. Entonces, una de las vecinas recordó que en su pueblo, en el campo, bastante retirado de las grandes ciudades donde generalmente están los hospitales y policlínicos, muchas veces los mismos carabineros eran los que ayudaban a las mujeres a tener sus hijos y hacían el papel de matronas en casos de urgencia, pues para eso les enseñaban primeros auxilios cuando aprendían el oficio de policías. Y como en ese momento estaban prácticamente rodeados de carabineros...

—¡No quiero que ninguno de esos desgraciados ponga las manos sobre mi hijo! —fue lo que Rebeca le gritó en medio del dolor que le producían las contracciones en aumento.

Ella daba sola su propia batalla. Afuera se desarrollaba un desalojo brutal contra personas indefensas y desamparadas. Precisamente por eso no quiso Rebeca que ninguno de aquellos policías, que empujaban y maltrataban a hombres, mujeres y niños, viniera a sacarle del vientre a su hijo. En otras circunstancias no se habría negado.

—Son otros los responsables, Rebeca. Ellos sólo reciben órdenes y no les queda más remedio que cumplirlas —respondió dolorosamente la vecina, tratando de convencerla.

—¡Que mi hijo sea recibido por manos cariñosas! ¡No quiero que sea el odio lo primero que él vea! —fue lo único que pudo agregar Rebeca, pues los dolores la aplastaban hasta el desmayo y la completa fatiga.

La otra vecina salió entonces decidida a buscar ayuda y la encontró, pues, sin pensarlo dos veces, se dirigió a la parroquia.

El señor cura vino enseguida. Al ver la gravedad del asunto, se puso a dirigir el parto como pudo. Hirvieron agua. Rasgaron unas sábanas que encontraron. Sacaron tanto valor como el de la gente enfrentada a la policía.

Así, en medio de aquella confusión y violencia, nació el nieto de Matilde. Mientras las vecinas lavaban cuidadosamente al niño, el señor cura trataba de aliviar a Rebeca con palabras que debían llenarla de orgullo:

—Éste no es cualquier nacimiento, Rebeca; jamás olvidará tu hijo las circunstancias que rodearon su venida.

—Lo sé, padre. Muchas gracias por todo —respondió ella.

—Pero no debes cultivar rencor ni resentimiento en su corazón. Lo que pretendo decirte es que Cristo nunca olvidó que había nacido en un establo y que su lugar estaba junto a los humildes. Tampoco la humanidad ha olvidado aquel suceso aun cuando hayan transcurrido casi dos mil años.

—¡Dos mil años! No le parece triste, ¿padre?

—La humanidad no avanza como nosotros lo deseamos, hija. Sin embargo, no debes olvidar que en muchos rincones de la tierra los establos están reservados únicamente para los animales y el heno. La gente como tú ha logrado con esfuerzo y sacrificio el derecho a una vida digna, alejada de toda miseria.

—La esperanza es lo último que se pierde, ¿no es verdad?

—Y ahora debes descansar. Necesitas muchas energías para seguir luchando por tu hijo, para darle un hogar como Dios manda.

Rebeca no escuchó más al señor cura. Le habían puesto al niño a su lado y no hacía más que observarlo con alegría y satisfacción.

—¿Qué va a decir mi madre cuando lo vea? —preguntó Rebeca sin levantar la vista hacia los presentes.

Aquí terminó Matilde su relato.

Y fue cuando realmente notó el prolongado silencio que se había producido en las mujeres, y se sintió reconfortada.

Alguien se atrevió a decir algo, y alguien más agregó otras palabras, hasta que todas fueron completando frases alentadoras.

Las mujeres esperaron que el balde de Tomás terminara de llenarse.

A continuación acompañaron a Matilde rodeándola amistosamente, y echaron a andar por la calle polvorienta.

¡Por supuesto que todas deseaban ir a conocer al nieto de Matilde!

4

¿Cómo estudio si tengo hambre?

¡Estudia, niño, para que no seas lo que tu padre ha sido...!

—La primera letra del abecedario es la a... a... a...

—Y la historia de nuestra patria, ¿cuándo se inicia?

Cuando paso por ahí, camino del trabajo, ya están los niños parados frente a la casita donde funciona la escuela.

Ocurre que, después, mi lugar está ocupado por otro colega si me demoro demasiado en llegar al centro de la ciudad.

Uno siempre debe dar facilidades a los clientes, para que vuelvan. Si no me encuentran, se van sencillamente donde otro limpiabotas y asunto concluido.

—Yo me gano la vida con mi lustrín —fue lo que le contesté una vez a un periodista cuando me hizo una entrevista—. Yo no me avergüenzo, porque todo trabajo es honrado.

¿Qué importa que los otros chicos me digan tonterías cuando paso frente a la escuela? Si no voy a clase, por algo será...

Todas las mañanas, lo de siempre.

Y la cordillera se parece a los sombreros de algunos de mis clientes.

Tres sombreros de caballero elegante entre los que viene apareciendo el sol.

Las pocas veces que miro bien a mis clientes es cuando se vienen acercando o cuando se alejan.

Igual que el sol.

Entonces les miro la cara o los sombreros.

Como la cordillera.

—No debes mirar todo el tiempo para abajo, Miguel —me decía siempre la señorita profesora cada vez que me pillaba con los ojos clavados debajo de su pupitre.

—Es que me gustan mucho sus zapatos, señorita —era mi eterna respuesta.

Mi hermano siempre me hacía bromas. Decía que desde chico tuve talento para los zapatos. Al final, mi mamá se lo creyó y me mandó donde el maestro zapatero para que aprendiera el oficio. Pero a mí no me gustó. El zapatero era muy gruñón. Aunque se hacía el bueno cuando mi mamá iba a cobrar el sueldo que me pagaba a la semana, y le decía que no había ningún problema conmigo en el taller.

—Este muchacho es muy despierto, señora Dolores. Y nos entendemos muy bien, ¿sabe?

Pero no era cierto. Más que aprendiz de zapatero, yo era el niño de los mandados y tenía que salir a comprar todo lo que al maestro se le ocurriera. Hasta la señora que vivía con él me mandaba al almacén a comprar las cosas para la casa.

Era malo eso de trabajar en el mismo lugar donde vivíamos. Los otros chicos me insultaban a cada paso y se aprovechaban de que yo no podía salir del taller a pegarles un buen par de puñetazos.

Así que me puse a portarme mal en el trabajo, hasta que conseguí que me despidieran.

Y pasó el tiempo.

Un día vino la profesora a casa. Quería hablar con mi mamá. Mi hermano no daba golpe en la escuela y, claro, yo veía cómo mi vieja se moría de vergüenza y no hallaba dónde meterse, porque la señorita quería saber las causas de mi inasistencia.

Yo repetí curso. Entonces, mi hermano, que estaba en un curso más bajo y por eso iba a clase por las tardes, me alcanzó y pasó a ser compañero mío. Ya no podíamos turnarnos los zapatos para ir a la escuela. Los dos teníamos que ir por la mañana. Un par de zapatos; y dos más dos son cuatro. Eso lo aprendí muy bien. Así no andaba la cosa.

—¡Es una pena! —dijo la señorita profesora cuando comprendió, y me miró con ojos de lástima y de alegría al mismo tiempo.

¿Se daba cuenta ella de que yo había crecido?

Ahora vería muy claro que no era como otros decían. Yo no andaba haciendo novillos por el centro de la ciudad como muchos vagos lo hacen.

—¿Pero qué vamos a hacerle, señorita? —repetía mi mamá.

La profesora movió suavemente la pierna que tenía cruzada sobre la otra, sentí muy nítido el roce de sus medias, y se levantó para irse. Entonces mi mamá le hizo la promesa de que, cuando se arreglara la situación económica en casa, yo regresaría a la escuela.

Yo quería que la profesora supiera que su alumno no era el mismo de antes. Si al comienzo fui un aventurero que buscó ganarse el puchero con un lustrín en cualquier parte, ahora había logrado llegar a la Plaza de Armas, al corazón de la ciudad, como dice mi colega Ruperto. Con esfuerzo y audacia, porque en esto hay que ponerse audaz, conseguí casaca de uniforme, gorra y licencia de limpiabotas. He crecido. Tengo muchos clientes que me aprecian y por eso, cuando me acuerdo de la escuela y de la señorita profesora, pienso mejor de toda la gente que viene confiada a poner sus zapatos en mis manos.

—El otro pie, señor, por favor.

Me gustaría mucho tener alguna vez los zapatos de mi profesora sobre mi lustrín, esos zapatos lindos que ella había comprado a crédito en una tienda elegante del centro, como ella misma me lo contó una vez en la escuela.

No alcancé a decirle que me podía quedar siempre en la Plaza de Armas. El caballero que trabaja en el Banco Central les da una tarjetita a sus amigos cada vez que los quiere colocar. ¡Para mala pata, la mía!

Pero si ella quiere verme, me encontrará.

Uno de estos días le voy a pedir una tarjetita de ésas a mi cliente del Banco Central. Él viene siempre a lustrarse conmigo a la hora del almuerzo, cuando le sobran algunos minutos. Trae su diario y lo lee. Dice que eso le ayuda a relajarse del trabajo en la oficina. Y cuando está de buenas, me comenta las noticias: que raptaron un avión en un país árabe, que asaltaron un banco en el norte y mataron a dos cajeros, que por ese terrorismo el presidente de la República no deja volver a los que están fuera del país, que el General recibió hace poco una medalla, y que unos tíos muy malos mataron al carabinero que cuidaba la estatua de la Libertad.

Siempre estoy bien informado, y desde mi lugar, abajo, leo...

Leo, en la punta brillante del zapato de mi cliente, las palabras que dibuja la mano de mi profesora en la pizarra, cómo las pone ordenadamente, una junto a la otra, hasta formar frases completas... Como las nubes en el cielo. Como arbolitos y arbustos floridos, porque tal vez así forman su lenguaje las flores y las abejas, y los pájaros saben leer ahí, y porque las flores les escriben cartas llenas de perfume. ¿Escribirá así también mi profesora?

Un cliente sacó una vez una carta de ésas. Son-

reía despacito mientras la iba leyendo. Las letras eran chiquitas y ordenaditas. Al final había un nombre. Seguramente, su novia.

—Esta vez no hay nada interesante, muchacho —dice mi cliente del Banco Central.

Después de pagarme y darme una buena propina, se marcha tranquilo hacia el Paseo Ahumada, con los talones más relucientes que las botas de los valientes soldados desfilando en la Parada Militar.

El diario quedó sobre el asiento. Seguramente el caballero pensó que me interesaría alguna noticia. Me lo voy a llevar de todas maneras para envolver unos panecillos bien ricos que compro siempre en Mapocho...

Quizá mi hermano pueda leerme la página del fútbol.

Mientras llega otro cliente, los zapatos van y vienen por la plaza.

Unos toman rumbo a mi lustrín.

—¿Betún solamente o también tintura? —les pregunto con toda amabilidad.

—No tenemos mucho tiempo —parecían responderme—. Vamos a una cita en el cine, y una embetunadita rápida nos vendría muy bien —agregan muertos de risa, porque se nota que están contentos.

Entonces yo, que tengo manos de artista, en un dos por tres, frotando el paño como el mago Merlín, hago aparecer el brillo del cuero. Izquierda... derecha... arriba... a los costados, los hago ponerse amarillos, igual como sacan el oro los *caubois* en las películas.

Entonces pienso que la experiencia es la madre de la ciencia.

Habría sido formidable haber aprendido más en la escuela para llegar a ser un buen profesional.

Así como el señor que acaba de llegar y que debe de ser ingeniero. Sus zapatos parece que se movieran entre las alfombras de una oficina y el terreno polvoriento de la obra...

—El otro pie, señor, por favor.

Y me siento más tranquilo, porque no todos podemos saber lo mismo que el resto de la gente... Así como unos construyen edificios, otros tenemos que lustrar zapatos... De todos modos me gustaría saber un poco más para no dejar que me amenacen, como el tío ese de los zapatos negros que me pregunta por las personas que se juntan en la plaza y me pide que le cuente lo que la gente conversa, y yo le contesto que siempre miro hacia abajo, señor, ¿no ve usted que los zapatos andan siempre en el suelo y no volando como las palomas?

—¡Ándate con cuidado, chico —me dice—. ¡No vaya a ser que en una de éstas te agarre un viento fresco y te veas en líos! —agrega con desconfianza y desprecio por mi persona.

Es cuando me da toda la rabia y le refriego bien fuerte el cepillo sobre el par de tanques que usa en los pies, para demostrarle que no le tengo ni pizca de miedo, porque para eso tengo un trabajo honrado con mi lustrín, para alegrarle la vida a tanto zapato que camina por aquí. Así decía siempre mi tío Norberto, que se murió de pulmonía: «No hay que amargarse por nada, sobrino, que después de esta vida no hay otra».

Entre las palomas que revolotean buscando las migas de pan que tiran al suelo los jubilados, van dos mariposas blancas rozando las baldosas. No vienen a mi banquito de maestro para que les ponga brillo en las alas, y pasan de largo sobre el maletín de fontanero y los zapatos viejos del estudiante sentado más allá, el mismo que una vez me dijo:

—¡El trabajo infantil está penado por leyes internacionales!

—¿Y a mí qué me importa?

Porque lo encontré simpático y más pobre que una rata, no le cobré la lustrada.

Ni el fontanero ni el estudiante parecían conocerse, pero sus zapatos, rodeando el maletín que está entre ellos, parecían conversar mudos, sin palabras (claro, dos pares de zapatos no pueden conversar entre ellos), con puros gestos, como si leyeran algo escrito en el suelo.

Cada vez que veo venir al estudiante, siento un poco de pena y me acuerdo de la escuela... Los chicos amontonados en la puerta, esperando que les den el desayuno, como antes, y perdiendo el tiempo, porque no aprenden nada, no les da la cabeza y se lo pasan mirando el cielo, viendo volar las moscas, con los ojos bien abiertos, y la verdad es que están durmiendo.

—¡Estudia, niño, para que seas más de lo que tu padre ha sido!

—En esta clase estudiaremos la geografía de Chile. Abran sus libros en la página tal...

¡Tanta cosa que habría que meterse en la cabeza...!

—¡Oye, niño! ¿En qué estás pensando que no te concentras en tu trabajo? —me despierta una voz de pronto.

—En la geografía, señor... En la geografía de su lindo zapato. El otro pie, señor, por favor...

5
Muel guarda un secreto

AQUELLA mañana Manuel se despertó más temprano que lo acostumbrado. El pequeño Javier, sentado en su cama, mordía suavemente un trozo de pan. Sus ojos estaban húmedos y brillantes. Pero no ha sido el llanto del hermano menor la causa de que Manuel se haya despertado.

Desde la pieza vecina —un escuálido tabique de madera separaba un dormitorio del otro— se escuchaban las voces apagadas de los padres de Manuel:

—¡No tengas miedo, Custodio! No diré una sola palabra —le pareció escuchar nítidamente a su madre.

Ese día Manuel tenía que juntarse con los otros muchachos de la pandilla.

Saltó de la cama, se vistió y salió al patio, decidido a verter un poco de agua helada en la palangana para lavarse la cara y mojarse el pelo. Lo hizo con rapidez y escalofrío.

Antes de arrojar lejos el contenido, observó el agua que distorsionaba los desconchados del fondo de la palangana de porcelana blanca, y pensó que la mente de las personas no era tan clara como eso.

—¿Te lavaste ya, Muel? —le preguntó su madre.

Mientras se secaba, la miró a los ojos. Ni un solo gesto en el rostro moreno de su madre —todavía con aires de hermosura y juventud— delató que ella ocultaba algo que no debía ser conocido. Ni un solo rubor; tampoco el más mínimo parpadear de sus ojos vivaces asediados por arrugas prematuras.

—Anda donde la señora Anita y le pides un poco de aceite —dijo a continuación su madre. Y agregó—: Voy a freír unos huevos para el desayuno y se me acabó el que me quedaba.

Manuel cruzó la calle alisándose el pelo con la palma de la mano. Mientras llamaba a la puerta de la señora Anita pensó nuevamente en su madre y le dieron deseos de conocer aquel secreto.

—Buenos días —dijo cuando la vecina salió a la puerta—. Mi mamá pide un poco de aceite, por favor.

La vecina recibió la taza amarilla que le tendió

Manuel y se perdió en la oscuridad fresca de la casita de madera.

Desde allí se podía ver el viejo galpón[1] donde se juntaba la pandilla. Ahora en desuso, el galpón había servido para guardar las herramientas de los trabajadores que pavimentaron la carretera norte. Manuel recordó el juramento que tuvo que hacer para ser aceptado en la pandilla; porque nadie debía enterarse de las actividades de ésta.

La señora Anita sacó a Manuel de sus reflexiones:

—Pregúntale a tu mamá si puede prestarme un poco de harina.

Y le pasó la taza amarilla con el aceite. Manuel entonces regresó a su casa.

Todos se sentaron a la mesa. Bebieron un té pálido sin leche, y comieron dos tostadas cada uno, sin mantequilla, y rociadas con una pequeña porción de huevo revuelto. Detrás de la taza los ojos de Manuel observaban atentamente cada movimiento de sus padres, tratando de descubrir lo que zumbaba en sus cabezas. Se sintió, de pronto, como un gato al acecho de su presa.

[1] Cobertizo grande.

—Esta tarde tengo que ir de nuevo —dijo el padre entre sorbo y sorbo.

—¡Pero hoy es domingo! —respondió preocupada la madre.

—¡Precisamente! ¿Quién se dedica a eso los domingos? —agregó él con aire de resignación y astucia.

—Ten cuidado, viejo —fue lo único que ella alcanzó a responder. Y se calló de inmediato, pues se dio cuenta claramente de que su recomendación había sido muy elocuente y tal vez innecesaria.

¿Dónde tenía que ir su padre? ¿Y por qué se preocupaba tanto su madre?

Cuando Manuel se dirigió al viejo galpón, Javier jugaba en el patio con un camioncito de madera, vestigio de una navidad bondadosa. Manuel no podía esperar ninguna respuesta de su hermano menor. Demasiado pequeño para entender ciertas cosas que ocurrían en la casa. Si sentía hambre, corría a la cocina, se aferraba a las piernas de su madre y pedía un trozo de pan. Si la madre demoraba en dárselo, lo conseguía con unas cuantas lágrimas, sin pensar lo que costaba comprarlo, y que el dinero había que ganarlo, y lo que pasaba cuando su padre se quedaba sin trabajo.

«Despido por reducción de personal».

Eso fue lo que le dijeron a su padre junto a 151 trabajadores más que ahora llevan en las manos la palabra DESPEDIDO como un estigma. Estas manos que a Manuel le parecían dulces de tanto cargar sacos con azúcar.

La discusión no le proporcionó nada interesante a Manuel.

Quizá le pareció que así había sido, tan abstraído como estaba en el secreto que guardaban sus padres. En la pandilla, los muchachos —allí no se admitían muchachas— discutieron acaloradamente el asunto de recolectar fruta en la hacienda del señor Francisco Riesco. Por ese trabajo no recibirían ni un solo peso. Como pago les habían prometido poder llevarse las frutas machucadas, picadas por los pájaros o agujereadas por los gusanos. Pero tal convenio no sería aceptado en sus casas. Allí eran de la opinión de que, si sus hijos trabajaban en algo, se les debía pagar con dinero y no con sobras o desperdicios. De modo que no necesitaban hablar de eso con la familia y tenían que hacerlo totalmente a escondidas, decididos como estaban a mejorar de alguna manera la situación económica en sus hogares.

En febrero los días son largos y las noches tibias[1]. No era aún totalmente oscuro cuando el padre de Manuel tuvo que marcharse. ¿Adónde?

—Yo también quiero un beso, papá —dijo Manuel acompañando a su padre hasta la puerta.

Hasta la próxima esquina.

Hasta la parada del microbús.

El padre daba trancadas largas; Manuel, varias cortitas. No le quitó los ojos de encima y no dejó de preguntarle:

—¿Adónde vas, papito?

Después de un rato, él preguntó:

—¿Sabrías guardar un secreto, Muel?

El muchacho asintió en silencio. Había expectación en su rostro.

—Tengo que encontrarme con otras personas. Parados, igual que yo. Ellos perdieron su puesto de trabajo porque el dueño de la industria le hizo una cruz a la empresa en su lista de actividades. Dijo que ya no ganaba lo suficiente, se llevó su dinero y dejó a los obreros con la cabeza entre las manos. ¡Y eso es como perder los sentidos, Muel!

[1] En Chile, febrero es final del verano; esta estación comprende allí los meses de diciembre, enero y febrero.

Es igual que si te oscurecieran la mente. ¿En qué vas a pensar si te niegan el trabajo, que es tu luz?

El microbús tardaba en venir. De modo que el padre continuó:

—Tú sabes que no se permiten reuniones de este tipo. Son consideradas ilegales por las autoridades. Nos detendrían a la salida. Si las hiciéramos públicamente, no podríamos tomar decisiones importantes para mejorar nuestra situación.

El microbús se acercaba ahora a la parada.

—¿Me prometes que no dirás nada de esto? ¿A nadie? ¿Me das tu palabra de honor? ¿Como un hombre?

Manuel le extendió a su padre la mano derecha y trató de apretársela con todas sus fuerzas. El padre comprendió la intención de su hijo y le sacudió la mano dos o tres veces.

Manuel regresó a su casa. Encontró a Javier acostado y a su madre lavando los platos. En ese instante ella escuchaba un relato que transmitían por la radio. Manuel se sentó un momento a escuchar las voces que provenían del aparato y comenzó a imaginar aquello sin hacer el menor esfuerzo, como si lo estuviera viviendo, soñando quizá:

No había estrellas en el cielo. Tampoco la luna alumbraba aquella noche. Sin embargo, la luminosidad que había era amplia y agradable. La gente se había reunido junto a la carretera norte. Su padre hablaba desde un pequeño estrado, tal vez un camión camuflado con una lona oscura. Las palabras del orador llegaban con absoluta nitidez, como encontrando su resonancia en las montañas. Les decía que no se podía soportar tanta tiniebla; que todos debían defender su derecho al trabajo; sin descansar, hasta que los rostros se iluminaran de alegría.

A Manuel le pareció que su participación en el encuentro consistía en avisar a tiempo cualquier peligro que se pudiera presentar. Aun cuando, a modo de precaución, alguien había puesto un automóvil atravesado en el camino. Si viniese algún vehículo, tendría que disminuir la velocidad para evitar un accidente, y detenerse. Eso les daría tiempo para marcharse.

Cuando Manuel despertó al día siguiente, escuchó los ajetreos de su madre en la cocina. Rápida-

mente se levantó. Ese día tenía que ir a la hacienda de los Riesco.

Al pasar frente a la cocina, escuchó a su madre:

—¿Te lavaste ya, Muel?

Fue entonces cuando se acordó del encargo de la vecina.

—Mamá, me olvidé que la señora Anita quería un poco de harina.

—¡Qué bien, hijo —respondió la madre—, porque no tengo aceite para devolverle! Le doy la harina y quedamos pagadas... Tu papá traerá algo de plata a la noche. El subsidio de paro lo pagan la próxima semana.

Manuel estuvo a punto de contarle lo de la recolección de fruta.

Pero se mordió la lengua para no decir nada.

—Dame la harina, mamá.

Y cruzó la calle alisándose el pelo con la palma de la mano, como ya se sabe.

—¿Se fue ya tu papá al trabajo, Muel? —preguntó la vecina al recibir el paquetito con harina que Manuel le entregaba. Y sin dar tiempo a responder, agregó—: Anoche lo vi salir contigo.

En la mente del muchacho se revitalizó la escena que había presenciado la noche anterior en su casa.

—¿Vio usted ayer las estrellas y la luna? —preguntó Manuel—. Mi papá y yo fuimos a verlas. El cielo estaba muy clarito. ¡Se llenaban las caras de luz, señora Anita! ¡Por Dios que no le miento!

Y sin esperar que ella saliera de su asombro, se encaminó a la hacienda del señor Riesco, convencido de no haber dicho ninguna mentira, de no haber revelado ningún secreto.

6
La casa de empeños

Anita se dirigía a la casa de empeños con su aparato de radio.

¿Es que todo tiene que depender del dinero?

Para su madre, que la había enviado, habría sido mucho más sencillo ir donde el tendero de la esquina y decirle algo similar a lo que Anita se imaginó más tarde:

—*Quiero que hagamos un trato, don Pancracio.*

—*¿De qué se trata, señora Ana?*

—*Yo le dejo aquí este aparato de radio y usted me entrega los víveres que necesito para comer durante la semana. Apenas yo tenga el dinero, le pago y usted me devuelve la radio.*

—*¿Puedo usarlo mientras tanto?*

—*¡Claro que sí, don Pancracio! Siempre que no lo eche a perder.*

—*¿Cómo se le ocurre eso, señora Ana? Dígame lo que necesita.*

Desgraciadamente, don Pancracio ya tenía un aparato similar en su almacén. ¿Para qué iba a necesitar otro?

Además, para él era mucho más importante escuchar a los clientes.

Seguramente la madre de Anita no había querido proponerle a don Pancracio una cosa semejante, para evitar que la mujer de éste se riera de ella.

Visto así el asunto, la casa de empeños era el único medio de obtener dinero a cambio del aparato.

También Gervasio buscaba una solución similar con su televisor.

¡Tan felices como se pusieron todos en casa cuando él llegó con el aparato recién comprado! ¡Había sido tan corto el tiempo que lo habían usado! Apenas unos meses viendo películas y programas entretenidos. ¡Distraían tanto esas cosas de otras necesidades diarias y urgentes...! Una necesidad distinta cada día, y tantas como trescientos sesenta y cinco días tiene el año...

De este modo reflexionaba Gervasio en el trayecto de su hogar a la casa de empeños con el televisor en los brazos.

Algunos transeúntes pensarían que lo llevaba al taller para repararlo. «¡No, señores! No está estropeado. Salió más bueno de lo que yo mismo esperaba. Una excelente máquina de ilusiones».

Es lo que a Gervasio le hubiese gustado responder.

Anita y Gervasio llegaron, casi, juntos a la casa de empeños.

Allá vio frustradas sus esperanzas cuando descubrió a aquel hombre con un televisor. A menudo la casa de empeños no recibe ciertos aparatos porque ya tiene demasiados. Relojes, lo primero que se empeña cuando se está en apuros de dinero. Luego, planchas eléctricas, exprimidoras y radios. No importa demasiado perder uno de esos objetos si, pasado el plazo, no se tiene el dinero para recuperarlos y la casa de empeños los subasta. ¡Pero un televisor es otra cosa...!

Gervasio pensó que aquella jovencita con el aparato de radio tenía más opción, puesto que llegaba primero a la cola y traía un objeto de menor valor.

Anita y Gervasio esperaron su turno en la cola.

Ella miraba la pantalla de aquel televisor y la veía totalmente negra; tan negra que un pesimismo inaguantable se fue apoderando de su ánimo. Gervasio observaba minuciosamente el radiorreceptor. Moderno y reluciente, uno de los últimos modelos. Otra ventaja más para esta jovencita.

Lo que le dio más confianza fue haber descubierto en la cola otra persona con una radio similar. Y en ese momento no había ningún otro televisor que fuese a ser empeñado.

Anita lo comprendió perfectamente.

«Él tiene más posibilidad que yo», pensó.

«Ella llegará primero a la ventanilla», se respondía a sí mismo Gervasio.

Avanzaron hacia la ventanilla. Faltaban solamente dos personas y pronto le tocaría el turno a ella. Anita comenzó a ponerse nerviosa. Traía el carné de identidad de su madre, pero el empleado podría encontrarla demasiado joven —concretamente si se fijaba en la fecha de nacimiento— y no aceptaría el objeto a empeñar de manos de una menor de edad. Anita no tenía más de catorce años y a lo sumo representaba unos dos o tres años más. En caso de que la situación se pusiera complicada, ella le pediría a cualquier señora que

hiciera de mamá. Pero su mala suerte había sido que detrás de ella se hubiera puesto un hombre.

—A lo mejor ya no reciben más radios —le dijo Anita a Gervasio.

—Lo mismo podría decir yo, señorita —le respondió éste.

—Si el empleado ve que usted trae algo más valioso, no querrá aceptar mi radio...

—Todos necesitamos dinero, señorita.

—Es tan poco lo que dan... Pero lo que sea, se necesita.

—Muchas veces se les acaba el dinero y uno tiene que volverse sin un peso... Y como por un televisor tienen que dar más... yo tengo menos esperanza que usted.

—Es la suerte la que cuenta. Nunca se sabe.

Anita se quedó en silencio unos instantes.

La cola seguía corriendo.

Llegó su turno.

Puso el aparato de radio frente a los ojos del empleado.

Mientras éste observaba, enchufaba y probaba el aparato corriendo la aguja del dial de un extremo a otro, sacó Anita el carné de identidad y lo mantuvo escondido. Esperaba que el empleado se limitara a observar la foto y anotar el número de la cédula. Ella y su madre tenían un parecido extraordinario. Para Anita era mucho mejor que el tipo no se diera cuenta de nada extraño. Sería muy largo y complicado ponerse a explicar por qué su madre no había podido venir personalmente.

Gervasio notó el nerviosismo de la joven y comprendió que era menor de edad.

¿Qué pasaría si él lo hacía notar al empleado?

En caso de que le rechazara el televisor, se lo diría sin titubear.

Lo justo es lo justo, ¿no?

«Lo siento, señor, vuelva mañana».

Esa frase lo hacía transpirar y, en medio de su cansancio, hasta deseó que el aparato de radio de aquella jovencita se le cayese de las manos, haciéndose añicos en el suelo.

—¿Es ésta su dirección actual, señora? —acabó por preguntar el empleado.

—Sí, ésa es.

—Firme aquí.

Y le extendió unas hojas amarillas.

Gervasio vio cómo temblaba la mano de la muchacha.

Anita recibió una copia y se dirigió a la caja.

—¡Señora, su carné! —gritó el empleado desde la ventanilla.

Anita regresó corriendo y de un manotazo se apoderó de él.

—Gracias, señor.

Fue el turno de Gervasio.

El rostro del empleado quedó oculto detrás del televisor.

Cuando Gervasio se volvió, Anita lo miraba desde la cola que se extendía frente a la caja. Hasta le pareció que ella le decía: «¡Que no se lo rechacen!».

Anita recibió el dinero y se dirigió a la salida.

En ese momento le llenaban la hoja correspondiente a Gervasio.

Anita se volvió por última vez desde la puerta.

Gervasio levantó el papel en el aire y le gritó desde el eco de aquel espacio amplio:

—¡Es la suerte la que cuenta!

Y se dirigió a la cola de la caja.

Anita abandonó la casa de empeños.

Después de todo, el señor del televisor había notado el truco de la cédula y se había quedado callado.

Anita se arrepintió de haber deseado que el televisor se le cayera haciéndose añicos en el suelo.

7
La camioneta de la luz

Los muchachos de la pandilla se habían enterado de que la nueva vecina, a la que todos llamaban Señora Luisa, necesitaba corriente eléctrica. Forzosamente tenía ella que «colgarse»[1] de los cables propiedad de la Compañía de Electricidad.

Para los miembros de la pandilla ésta era la oportunidad que esperaban para poder realizar una operación «grande» de una vez por todas. Sabían, además, que la Señora Luisa necesitaba ayuda, pues vivía sola con su niño de seis meses de edad.

De tal modo que no lo pensaron dos veces cuando tomaron la decisión de ofrecerse a aquella mujer en dificultades.

«Colgarse de la corriente eléctrica es cuestión de hombres», decían muchos adultos que no deseaban ver a sus hijos mezclados en un asunto tan ex-

---

[1] Conectar clandestina, e ilegalmente, con el alumbrado público, para uso particular.

puesto, por el peligro de muerte que podía acarrear. La propia Compañía controlaba los pocos medidores que existían en el barrio aquel, y trataba de evitar que los habitantes robaran luz, como llamaban los gerentes de la empresa al acto de sacar electricidad del alumbrado público para uso privado.

Por supuesto que nadie en la pandilla ignoraba que esto era un acto ilegal en todo el sentido de la palabra, ya que se obtenía luz sin el consabido control por parte de la Compañía. Ésta era una salida desesperada a la que recurrían aquellos que no podían pagar cuentas de luz.

En tal estado se encontraba, naturalmente, la Señora Luisa. Esto lo sabían los muchachos, de tal suerte que se dedicaron a preparar el plan de la operación en todos sus detalles.

Manuel se encargaría de traer la escalera de mano. La única dificultad que tenía consistía en encontrar una buena excusa para que su madre le autorizara a sacar la escalera de la casa. Iría con Ramiro, no sólo porque tenía más fuerza para cargar aquella larga y pesada escalera, sino porque, como era el más grande de todos, inspiraba más confianza ante los adultos. La excusa la fueron pensando en el camino y concluyeron que la historia de la cometa enredada en un árbol era demasiado conocida. Así pues, dirían que necesitaban afirmar algunas partes del techo de la casa de Ramiro.

Tal explicación la creerían donde Manuel.

Cabeza de avellana, como apodaban a Mario porque tenía la càbeza tan pequeña y negra como el fruto del avellano, sería el encargado de ofrecerle el servicio a la Señora Luisa. Se le había escogido precisamente por ser el hijo de don Mario, el único electricista del barrio.

Él conseguiría además el cable que se iba a necesitar, y lo haría procurándoselo de los restos que siempre le sobraban a su padre, y que almacenaba en un viejo cajón de madera que tenía en un rincón de la casa.

David estaría de *sapo*. Como era el más pequeño del grupo, se le había confiado la misión de *sapear*, es decir, observar desde el techo del gallinero de la casa. Apenas viera venir la camioneta de la luz o cualquier otro peligro que entorpeciera la operación, debía dar el aviso correspondiente sin demora.

Ramiro sería el responsable de la «colgada», el héroe de la misión.

El plan sería llevado a cabo cuando la mayoría de los adultos no se encontraran en sus casas.

Cabeza de avellana se enrolló el cable a la cintura y lo ocultó debajo de su camisa. Después tomó la callejuela lateral que lo conducía directamente a la casa de la Señora Luisa.

A pesar de que el muchacho utilizó todo su sentido de convicción, a Luisa le costó creerle y se preguntaba por qué no había venido el mismo don Mario a ofrecerle aquel favor.

Sin embargo, terminó por aceptar cuando vio la escalera de mano instalada ya junto al poste del alumbrado. Allí esperaba Ramiro, y como Luisa no conocía bien a todos los vecinos, se dejó convencer en el sentido de que el padre de Mario controlaba todo. Su situación de extrema necesidad no le dejaba más remedio que aceptar el ofrecimiento como caído del cielo con el milagro de tener electricidad en la casa.

El plan avanzaba. Manuel sujetaba la escalera mientras el audaz Ramiro había subido y bajado dos o tres veces para ejercitarse y entrar en calor, como él muy bien decía.

Faltaba lo más difícil. Faltaba, además, el cable.

David ya estaba encaramado en el tejado del gallinero y descubrió que podía ver claramente su interior a través de las rendijas del techo.

«Desde arriba se ve todo más pobre», pensó David.

El gallinero, un montón de palos carcomidos que a duras penas sostenían un cerco oxidado de malla de alambres, con cuatro esquinas, un techo y una portezuela, encerraba en su interior solamente dos gallinas plomizas, tan viejas que ya no se cocían ni en las aguas hirvientes del mismo infierno; dos gallinas que habían escapado por tanto tiempo a la muerte en la olla, y cuyo cacareo era como el vago recuerdo de que alguna vez también pusieron huevos.

Desde allí observaba David la calle que entraba al barrio, camino obligado para cualquier vehículo que viniera desde la ciudad, distante unos treinta kilómetros aproximadamente.

Cabeza de avellana llegó corriendo. Rojo como un cangrejo, traía el cable y la confirmación de la Señora Luisa. La operación podía empezar. Luisa, mientras tanto, esperaba impaciente en su casa, separada unos cincuenta metros del lugar donde se encontraban los muchachos.

Y pretendía calmar su nerviosismo natural realizando algunos menesteres domésticos sin tener la menor necesidad de hacerlos.

Ramiro se colgó el rollo de cable en el cuello, como si fuera un collar; era el símbolo de la conjura que había esperado pacientemente el momento oportuno.

¿Y si todo terminaba en una tragedia?

Ramiro subió con decisión los peldaños resbaladizos por el uso, hasta la cima.

Manuel vio detenerse los pies de Ramiro en las alturas. A pesar de que su posición no era la mejor para ver con nitidez lo que hacía, notó cuando Ramiro separó las dos guías del cable que colgaba de su cuello.

Y recordó lo que había escuchado decir a muchas personas sobre el asunto. Los dos polos, el negativo y el positivo, serían sin duda esas guías que Ramiro había separado, como las entradas de los enchufes.

Manuel transpiraba de sólo pensar en lo expuesto que era todo aquello. Una vez había oído que una descarga eléctrica había lanzado lejos a una persona que pesaba unos setenta kilos; y a un niño de dos años, sencillamente, el golpe lo había dejado entre la vida y la muerte. «Una verdadera patada de mula», como decía su padre. Para la mayoría de los muchachos de la pandilla, partici-

par en una «colgada» significaba una aventura con mayúsculas.

Ramiro, mientras tanto, había anudado la primera guía a uno de los cables del alumbrado, preocupándose constantemente de no rozar siquiera el otro cable.

Como a Manuel le sudaban tanto las manos, recordó que la electricidad se podía transmitir no sólo a través de los alambres, sino también con el agua y los cuerpos de las personas.

Cabeza de avellana se rascaba constantemente, como parte de un incontrolable nerviosismo, siempre con la mirada puesta en la casa de la Señora Luisa. Debía evitar a toda costa que ella se acercara al lugar de operaciones, y le habría gustado mucho haber tenido un trozo de madera y pintura como para dibujar una calavera con dos tibias cruzadas con la palabra «Danger»; tal como se veía a veces en la televisión.

Ramiro estaba ya con el segundo cable. Miró un segundo hacia los de abajo y les guiñó un ojo con un aire de picardía, como anticipando el éxito de la misión.

Manuel hubiera querido aplaudir, pero se quedó

aferrado a los maderos de la escalera casi sin pestañear.

Cabeza de avellana aprovechó para suspirar y le hizo un gesto a Ramiro de no perder tiempo y seguir adelante. Mario se sentía entre una espada y una pared de fuego que lo acosaban sin misericordia.

La operación llegaba felizmente a su término. Ramiro se «colgaba» al segundo cable.

¿Llegaba felizmente?

Era David el que llegaba.

Y tan aterrado, que más parecía perseguido por una jauría de perros rabiosos que el vigía de una operación exitosa.

Y llegó en silencio.

En caso de peligro se le había prohibido gritar, para no llamar la atención de los adultos que se encontrasen en sus casas. La voz no le salía cuando trató de sacarla. Tanto la había retenido.

Manuel sacudió la escalera hasta que Ramiro se percató de que algo entorpecía la operación.

Cabeza de avellana, por su parte, dejó de rascarse y se ocupó en devolverle el habla a David, quien por fin dijo:

—¡La luz! ¡La luz!

—¿Qué luz? ¿Qué luz?

—¡La luz! ¡La camioneta!

Fueron las palabras que rompieron todo el encanto. Como una contraseña que en lugar de asegurar la conjura la hacía mil pedazos.

En un segundo, Manuel vio el conjunto de imágenes en movimiento acelerado de aquellas películas cómicas que tanto le gustaban y, como si él fuera uno de sus protagonistas, imaginó verse apartando ágilmente la escalera del poste para llevarla a saltitos de regreso a su casa.

Ramiro, que al parecer no había reaccionado tan alarmado como el resto de los muchachos, se encontraba todavía cerca de las nubes.

David, que había quedado con un montón de frases atragantadas en la garganta, no sabía si correr a su casa y ponerse a mecerle la cuna a su hermanito como si nada, o quedarse junto a sus amigos afrontando todas las consecuencias terribles que imaginaba.

Lo único que Mario pedía era su cable: que Ramiro no lo dejara colgado como la prueba que confirmaba todo el delito.

Ramiro mantuvo la calma. Más calmado que cuando estaba conectando los cables, deshizo todo el trabajo realizado y dejó caer el alambre de Mario al suelo. De un salto, casi, llegó abajo y se sentó en la tierra apoyando la espalda contra el poste con una tranquilidad tan bien representada que los otros se le quedaron mirando estupefactos.

—¿Y vosotros no tenéis nada que hacer? —les preguntó con la clara intención de ponerlos en movimiento, como el maestro que se dirige a sus ayudantes. A continuación se miró las manos admirando lo estropeadas que habían quedado.

—¡La escalera, Ramiro! ¡La escalera! —reaccionó desesperado Manuel.

—¿Qué pasa con ella?

—¡Tenemos que llevarla a la casa!

—Ya no tenemos tiempo para llevarla, Manuel. Y deja de gritar así, que me pones muy nervioso.

Ramiro no dejaba de tener razón. La camioneta de la Compañía de Electricidad hacía su ostentosa entrada en la calle.

Cabeza de avellana corrió a la casa de la Señora Luisa para tranquilizarla, no fuera a ser cosa que armara más líos; corrió para asegurarle que, «apenas desaparezca el monstruo motorizado, el Ramiro, mi padre —rectificó Mario en el acto— pondrá los cables donde corresponde sin ningún problema, Señora Luisa. Porque él sabe mucho de estas cosas», le dijo Mario a la mujer con el niño en brazos.

Y se quedó escondido detrás de la casa de Luisa para ver desde allí la llegada del vehículo, convencido de que se había armado la grande.

Manuel, en cambio, que había salido disparado detrás de Mario, no encontró nada más apropiado que ofrecerse amablemente a Luisa para ir a buscarle agua. Apenas ésta le hubo pasado un balde, se encaminó Manuel hacia el pilón sin dejar de mirar la camioneta que se aproximaba amenazante.

¿Y David?

El pequeño se paseaba frente a la escalera de mano, la cual, prácticamente, había quedado abandonada junto al poste. ¿Qué podía pasarle?

Si los hombres de la Compañía se detenían y se bajaban del vehículo para preguntar qué demonios hacía allí esa escalera, ¿qué podía responder David? Buscaba febrilmente una excusa en su cabeza, sin sospechar siquiera que Ramiro ya había preparado una respuesta.

El aire se había puesto tan tenso que parecía cargado de electricidad. Luisa no había podido permanecer tranquila dentro de la casa. Ante sus ojos, hasta las montañas se habían tornado agudas y amenazantes.

La camioneta se acercó entre vaivenes, levantando más polvo que una bestia furiosa envuelta en nubes de bufido.

Ramiro no se dio por aludido.

«¡Si quiere atacar, que ataque!», es lo que pensaba.

¿Y qué pensaban los ocupantes del vehículo?

—¿Ves aquella escalera?

—¿Junto al poste?

—La misma.

—Ya conocemos la explicación...

—¡Sí, claro! La hemos escuchado un montón de veces.

—Una cometa que se les enredó a los muchachos en los alambres, y que no piensan dejar que se les vaya de las manos.

—Pero siempre se pierde. ¡Puedes fijarte que no hay ni señas de ella!

—Sí, claro. Se la ha llevado el viento...

—¡Ah, cuándo inventarán un cuento nuevo!

No interesa saber si este diálogo ocurrió realmente dentro del vehículo o si fue imaginado por Ramiro, el hecho importante es que la camioneta no se detuvo, como todos temían.

Ante el asombro de David, el vehículo siguió subiendo calle polvorienta arriba, con todos sus caballos de fuerza resoplando, hasta doblar en la esquina siguiente, desapareciendo, dejando sólo una huella en la pista y un bramido en el aire.

Y David tuvo la osadía entonces de cruzar corriendo la bruma de polvo para asegurarse de que la amenaza realmente se había marchado.

Ya no había nada más que temer.

Más inocente que un juego de niños resultó el resto de la historia, de tal modo que se puede resumir:

Los muchachos de la pandilla llevaron luz a la casa de Luisa.

Como recompensa recibieron un dinero que alcanzaba para algunas golosinas.

Sin embargo, prefiero contarles que los muchachos se conformaron con saber del éxito de la operación, mientras pensaban destinar ese dinero para fines menos egoístas.

¿Qué fines eran ésos?

Habría que preguntárselo a ellos.

Y si todavía hay espacio para un epílogo, se podría agregar lo siguiente: el padre de Mario pasó por la casa de Luisa y vio los cables «colgados». Un misterio para él, porque siempre andaba mirando todo lo que tuviera que ver con electricidad, y no conseguía explicarse cómo habían ido a parar allí; no conseguía explicarse quién podría haber hecho tal instalación.

Era evidente que alguien intentaba hacerle una competencia profesional. Y nosotros lo sabemos.

8
La botella y el velero

SERVANDO es dueño de un carretón de mano, liviano cuando está vacío y pequeño cuando consigue llenarlo con botellas. Es todo lo que posee Servando.

No, no es todo.

Servando tiene además una familia compuesta por su mujer y un hijo. Ella se llama Berta y Juvenal el niño. Como se llamaba el abuelo, el padre de Servando.

Ellos poseen además un perro, un callejero negro y juguetón que llegó un día a casa, nadie sabe de dónde ni por qué. Como es tan negro, lo bautizaron con el nombre de *Curiche*, sinónimo de negro en Chile.

Al carbón se le llama, por supuesto, carbón.

Y al destino o al humor, cuando son negros, tampoco se les dice curiches. Pero sí a una persona o a un animalito doméstico.

Bien.

Servando se gana la vida comprando botellas.

A veces las recoge de la basura, de los desperdicios.

Muy de mañana, comienza su trabajo en las calles de la ciudad. Las botellas compradas o recogidas las va echando en su carretón de mano para luego venderlas en el Depósito, ese lugar donde compran tales objetos y por los cuales pagan muy poco.

Servando las compra más baratas de lo que a él le pagan al venderlas.

Así se gana la diferencia. En pocas palabras, cada botella significa bastante para él.

Esa mañana salió con su carretón. Como siempre, *Curiche* lo acompañaba.

El perro de Servando había logrado desarrollar una gran cualidad: detectaba con rapidez y precisión cualquier frasco o botella que estuviera abandonado en la basura.

Continuamente, Servando tenía que apartarlo de las botellas de leche dejadas en las puertas de las casas o de las de vino en los restaurantes y bares, porque cada vez que descubría una botella vacía reluciendo con su vidrio atractivo quería salir huyendo con ella para llevársela a su amo. *Curiche* es un verdadero perro de presa.

Así fue como se ganó la confianza y el cariño de

Servando, quien nunca salía a la calle sin su perro.

Muchas veces, Juvenal deseaba quedarse jugando con *Curiche*, pero éste jamás descuidaba su responsabilidad ante el trabajo.

Aquella vez, Servando había comprado ya varias botellas y se acercaba al sector residencial, donde vive gente con más dinero. Entonces sucedió lo que debería ser el comienzo de este relato.

El mismo Servando contó más tarde que *Curiche* había metido la cabeza dentro de un enorme cubo de basura y lo hurgó hasta volcarlo sobre el pavimento. Parecía trabajar más con la cola que con las patas y el hocico. Perdido entre papeles, restos de comida y otros desperdicios, no descansó hasta que hubo sacado lo que buscaba.

El asombro de Servando se produjo cuando vio el velero que la botella contenía.

—¡Qué buena la presa que agarraste, *Curiche!* —exclamó Servando lleno de alegría y satisfacción—. Ojalá que también encuentres un buen hueso para ti. Te lo mereces.

Curiche lo miraba acezando[1], con el ritmo que

[1] Jadeando.

la satisfacción y el cansancio le producían desde la lengua a la cola. Además, porque *Curiche* tampoco olvidó que Juvenal celebraba el cumpleaños al día siguiente.

Servando pensó que gracias a *Curiche* mataría dos pájaros de un tiro: el velero para Juvenal, como regalo de cumpleaños, y la botella la dejaría para venderla en el Depósito. Precisamente ésos fueron los pensamientos que le hizo saber a Berta.

Y se entregó por entero a la tarea de preparar la sorpresa que le darían a su hijo.

Con sumo cuidado logró Servando quitar el corcho de la botella.

Pero comprobó decepcionado que el velero no salía de ella.

—¡Igual que lo metieron, tiene que salir! —le decía Berta a Servando tratando de ayudarle.

Y él asentía con la cabeza, sin meditar mayormente en las palabras de su mujer.

Trató de sacar el velero con unas tijeras, con unas pinzas que encontró en uno de los cajones de la cómoda, con unas agujas de hacer punto y con cuanto utensilio apropiado encontró. Pero todo, todo sin el menor éxito.

De tanto afanarse en ello, corría el riesgo de estropear el velero y ¡adiós el regalo de cumpleaños!

Por otra parte corría el riesgo de no poder sacarlo de la botella. De ninguna manera se la comprarían con el velero hecho añicos en su interior. Debía estar totalmente limpia.

Felizmente, Servando desistió cuando estaba a punto no sólo de perder la paciencia, sino también el velero y la botella.

Volvió a taparla con la misma dedicación que había puesto en descorcharla. Berta tenía guardada una cinta roja desde hacía mucho tiempo. Siempre pensó que algún día podría servirle. Con ella le hizo un lindo lazo en el gollete.

—¡Bonito regalo para Juvenal! —dijo, una vez que terminó de anudar la cinta.

—¡Y qué mala suerte! —agregó insatisfecho Servando.

—¿De qué le servirá? No podrá jugar con él. ¿Cómo lo va a echar al agua?

—Pero podrá imaginarse todo eso, Servando. Verlo navegar... los viajes... los puertos... islas... gente... ¡Tanta cosa que se puede hacer con un velero!

—¡Pero si nunca le hemos hablado de eso, Berta! —concluyó Servando malhumorado.

—Peor sería que no le diésemos su regalo.

Y con estas palabras logró Berta tranquilizarlo.

Curiche los observaba como si comprendiera perfectamente lo que hablaban. Pero no logró entender que a Servando le había faltado precisamente una botella para ganar el dinero del día.

—Tendremos que comprar menos pan mañana —le dijo Servando a su mujer, y le pasó unos billetes.

—Justo cuando es su cumpleaños... ¡Y yo que pensaba comprar alguna mermelada...!

Para *Curiche* todo ocurrió al día siguiente tal como lo habían planeado sus amos.

Muy temprano, cuando Juvenal se despertó, le dieron sus padres el regalo. Juvenal lo contempló. Luego, desató la cinta roja. No reía, pero se le notaba contento. Entonces trató de destapar la botella.

—No se puede sacar, hijo. Navega con ella —se anticipó a decirle Berta.

Juvenal volvió sus ojos al velero y extendió los brazos hacia adelante, imitando con la botella el movimiento de una nave que navega.

Así dejó Servando a su hijo.

Curiche, una vez más, lo acompañaba por las calles de la ciudad. De casa en casa gritaba Servando con una suave entonación:

—¡Botellas! ¡Compro botellas!

Ninguno de los dos se imaginó lo que había de

venir hasta que vieron las velas del velero de Juvenal.

El niño se levantó apenas su padre se hubo marchado.

Corrió hasta el arroyo de agua con el velero y lo puso en la corriente con botella y todo. Tan convencido estaba de que no se llenaría de agua y no se hundiría como las papas que su madre ponía a veces en la olla. Juvenal creía que la botella era una protección mágica para su fantástico velero. El primero que recibía en su vida. El único quizá.

Unas cuadras más allá recapacitó Servando:

—Seguro que a Juvenal se le ocurre echar la botella al agua y se la lleva la corriente. He sido un estúpido al no advertirle que no juegue con ella en el arroyo. Pero Berta seguramente se lo dirá.

Entonces *Curiche* se puso a ladrar furioso.

Fue cuando Servando vio las velas del velero. Una, oscura como el pelaje de *Curiche*. La otra, blanca como nubes de verano.

Ambas navegaban lentamente detrás de las casas, sobresaliendo por los tejados, impulsadas por el viento, en una corriente de agua que bajaba entre las casas y los cerros.

Nunca se sabrá si era el sol o los sueños de Juvenal lo que hacían ver aquellas velas tan floridas y frescas como los montes más bellos del mundo.

Nunca se podrá explicar Servando cómo Juvenal había logrado sacar el velero de la botella para echarlo a navegar.

Curiche era el único que no trataba de explicarse el suceso, moviendo el rabo y el hocico, dichoso por la botella y el velero que había encontrado.

Índice

EL BARCO DE VAPOR

SERIE ROJA *(a partir de 12 años)*

Colección GRAN ANGULAR

dición especial: